LATA de SAL

Kat Patrick / Lauren Marriott
*Soy Dibugato*

Título original: *I Am Doodle Cat*

Publicado originalmente por
Beatnik Publishing, Nueva Zelanda.

© del texto: Kat Patrick, 2014
© de las ilustraciones: Lauren Marriott, 2014
© de esta edición: Lata de Sal Editorial, 2017

**www.latadesal.com**
**info@latadesal.com**

© de la traducción: Mariola Cortés Cros
© del diseño de la colección y la maquetación: Aresográfico

Impresión: Printer Portuguesa
ISBN: 978-84-946292-4-2
Depósito legal: M-349-2017
Impreso en Portugal

Este libro está hecho con papel procedente de fuentes responsables.
En las páginas interiores se ha usado papel offset FSC® Magno Natural
de 150 g y se ha encuadernado en cartoné al cromo plastificado
mate, en papel estucado brillo FSC® Creator Star
de 135 g sobre cartón de 2,5 mm.
Sus dimensiones son 21,4 × 21,4 cm.

Y a Logan le encanta Chasis.
Y a Chasis le encanta Logan.
Y a nosotros, ellos.

¡Para todo el mundo!
*Aunque una gran parte es para Molly,*
*pues sus sueños son casi todos gatunos.*

# Soy Dibugato

Kat Patrick / Lauren Marriott

LATA de SAL

Gatos

Soy Dibugato.

Solo sé lo
que me

encanta.

Me encanta

bailar.

Me encanta el ruido.

Me encanta el océano.

Me encantan los pedos.

Me encanta el helado.

Me encantan los amigos.

Me encantan los árboles.

+ 120 metros de cuerda

2 pinzas + 1 patata frita
que encontré en el sofá

## Me encantan

- 2 bolas
de pelo

x 2,5 pastillas
antiparasitarias
que fingí tomar

+ 3 pájaros

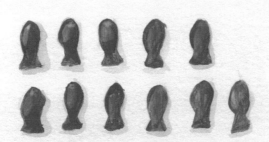

÷ por 11 galletas con
forma de pez

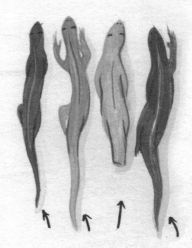

+ 4 lagartijas

↓

– media lagartija

# las matemáticas.

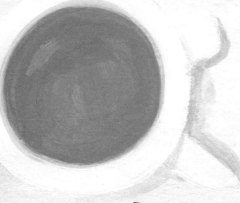

+ mis gafas de sol

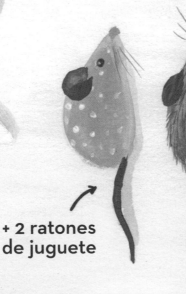

+ 2 ratones
de juguete

– 2 dientes
de leche

Me encantan las lentejas.

Me encanta lavarme.

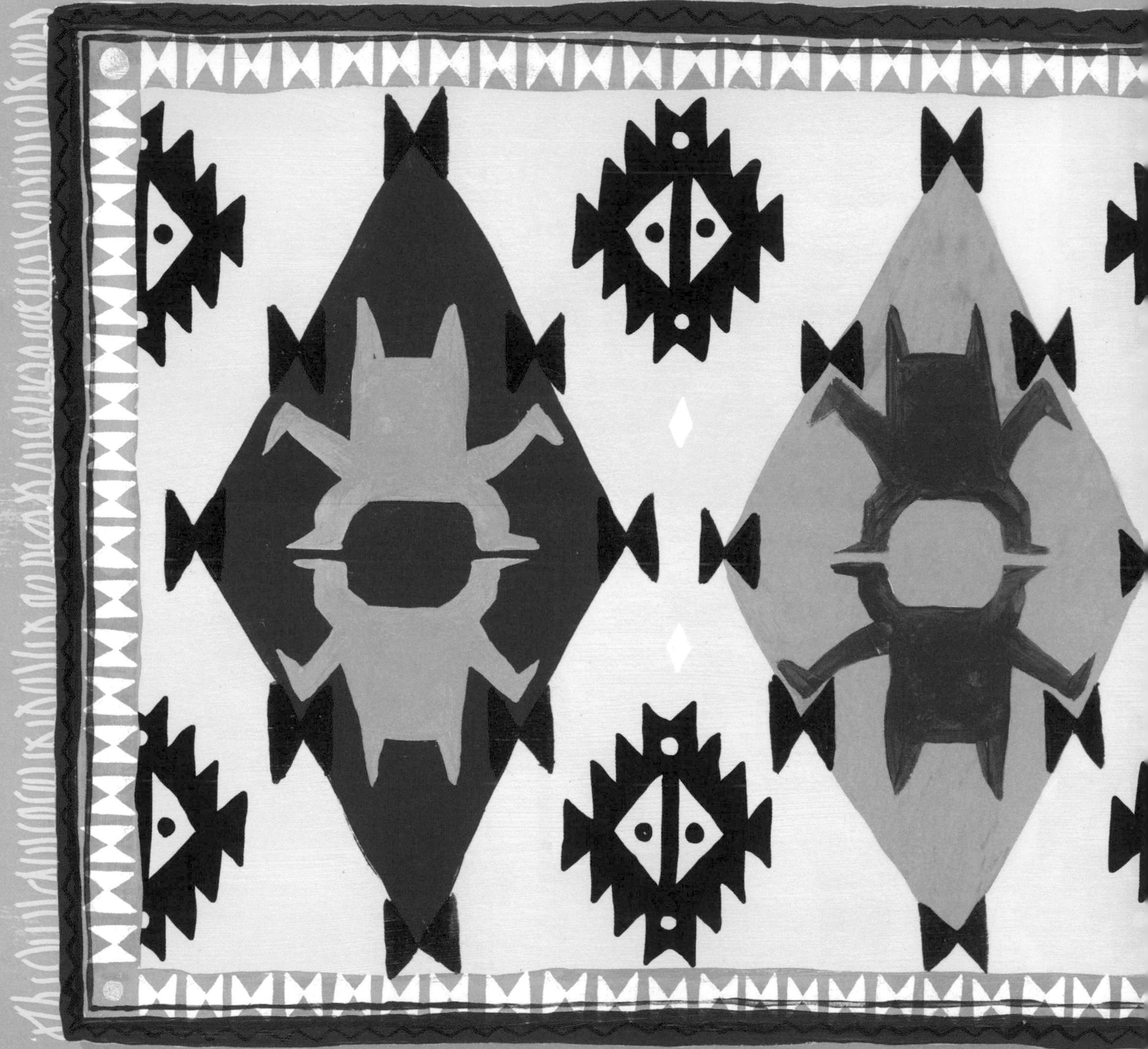

Me encanta esta alfombra.

Me encantan los fractales.

Me encanta mi pijama.

Me encantan los animales pequeños.

Me encantan las estrellas.

Me encanta dibujar.

Me encanta moverme rápido.

Me encanta
la diferencia.

Soy
Dibugato.

¡Me encanto yo!

¿Qué te encanta a ti?

## Me encanta el océano.

El océano es un enorme y hermoso misterio. Ocupa el 70% de
la superficie total de la Tierra, y no conocemos ni a la mitad
de las criaturas que viven en él. ¡Uau! ¡Imagina todos los amigos
que nos quedan por conocer!

## Me encantan los pedos.

Nuestros cuerpos son muy sabios. Una persona produce al día
una media de un litro de pedos, y no solo lo hacen los humanos.
Las termitas son los animales que más pedos se tiran en todo
el planeta. Aunque al menos serán pequeños...

## Me encantan los amigos.

Mi mejor amigo es un pangolín. Es de África.
Es un mamífero, como nosotros, y está cubierto
de unas escamas muy ingeniosas. Es un tío guay.
Aunque al abrazarle te arañes un poco...

## Me encantan los árboles.

Los árboles fabrican el oxígeno que necesitamos para poder
respirar, tienen hojas enormes que se pueden transformar
en unos sombreros excelentes y ramas geniales por las que trepar.
Son sitios estupendos para generar grandes ideas.